風のささやき

九二歳までの生活詩(史)

加藤幸一

生活、行動

懐かしいこと

思い出は思い出すと懐かしい
思い出は思い出したい時に
何時でも思い出せる
これが思い出である
何時、思い出しても、懐かしい
時には突然、思い出が
頭に浮かぶこともある
楽しい思い出や、大切な思い出は
心から消えることがない
思い出は自分だけのものであるから
人がこれを奪うことは出来ない
だから心に宿り続けることが出来る

あの山の思い

二人で登ったあの山に
もう一度、一緒に登りたい
だが、もう、彼はいない
一人で登るしか仕方ない

だが、一人では登る気は起こらない
けれども、山には登りたい
ひとりの登山は物足りないし
それに、危険でもある

どうすればよいだろうか
同行者を見つけるにはしんどい
あれこれ考えているあいだに過ぎてゆく
待てば海路の日和あり

知恵と実践

今まであまり耳にしなかった
線状降水帯という気象現象を
近頃よく耳にする
これが頭上に停留すると大雨になる
がけ崩れ、堤防決壊、洪水、山崩れ
瞬時に生活の場が失われる
命を失う人も出る
途方に暮れる、大変なことである
だが、天候には逆らえない

この温暖化は深刻な問題である
夏にはアメリカやヨーロッパの
あちこちで、山火事も起きている
干ばつも続く、世界の天候は

アンバランスになっている
他人事ではない、早く、
具体的な対策をまとめないと
自分達の住むところがなくなる
被害を被ってからでは
After death the doctor である
(死後の医者、手後れ)

生活街道

人生街道は長い、その街道には
歩かねばならない街道がある
勉学街道、就職街道、
家庭街道、趣味街道、
人の助けを借りながら

ここを自分の選択で歩く

街道には細い道もあれば
曲がりくねった道もある
道が突き当たりで、先を
見失いそうになることもある
どの道を辿るにしても
先を探りながら行く
これが生きる人の生きる道である

若い時には、どの道がよいか迷う
どの道もよく見える、誘惑もある
経験を積んで来ると
それの善し悪しの見当がつく
歩いた道は振りかえっても
どうにもならないが、足跡だけが

記憶の中に残る
他の道を歩いていたらと考えても
それは空想である
確かなのはこれから歩く道である

雑草の種

野原に繁茂するのは雑草である
雑草の種類は多くて覚えられない
その種はどこかに飛んでゆき
たどり着いたところで生える
これが雑草の生命の始まりである

以後、風雨に耐えたり
日照りに耐えたり、動物に

踏みつけられたりして成長する
だが雑草にとってよいこともある
自然は公平である、日照り続きの雨は
薬となり、次への成長の足場となる
雑草は定着した所が自分の家である

人も雑草と似たところがある
あちこち回ってここが自分の家となった
社会の逆境に晒されても
くじけることなくここに住む
「忍の一事は衆妙の門」である

ガラス窓

ガラス屋の主人に聞いた

生活、行動

仕事はいろいろあるが
ガラス屋はよい仕事だよ
ガラスは割れるからね
頼まれてガラスを入れに行くと
その割れたガラスの窓から
その家の様子が見えてくるよ

子どもが暴れてガラスを割った家
年寄りが躓いてガラスが割れた家
主人が怒って物を投げ
妻に当たらずガラスに当たった家
ガラスは自然に割れるものではない

これを聞いて初めてガラスは
人が割るんだと思った
ガラス屋は平穏な家には

用はないが、荒れている家ほど
ガラス屋の世話になるようだ
ガラス屋は割れた窓からその
家の様相が見える職業である

作動する

車は運転しないと動かない
頭の中の脳も同じである
作動しないと働かない
その作動を少しでも誤ると
その処理が大変になる
作動に慣れてくると
気持ちに余裕が出る
するとゆるみが出て失敗する

失敗は成功のもと
という言葉があるが
一度、遣り損なうと
覆水盆に返らず
ということもある
如何なることを為すにも
心してしかるべし
このようにまとめると
何だか聖書の一節のようだ

何時ものように

今日は二〇二二年一月一日正月である
夕方の四時半頃、何時ものように
五〇〇〇歩コースの

ウォーキングに出た、静かだ
何時も見かける散歩者も見えない
犬を散歩する人も、買い物帰りの人も
見かけない、ともかく静かだ

散歩道の左側の山肌に
幾本ものツララが列をなして
垂れ下がっている
これは寒さの証拠である
そこをマイペースで歩く
これが健康につながるのだと
何時ものように歩く
人は何か目標があると
それに向かって進むことが出来る

春の訪れ

今日は節分である、そうだ
豆を投げて、寒い冬を
追い出そう
天気もよい、今から
何時もの散歩に出よう
今年は何時から
暖かくなるであろうか

歩きながら考えた、今日は
恵方巻が売られる日でもある
売られているからといって
何も、買わなくてもよい
自分で作れば
自分好みのものができる

それが生活だ、生活は
食べるものを自分で
作ることから始まる
これができない人は
下宿人と同じである

物を作ることは楽しい
中身に何を入れようかと考える
考えることは
夢を求めることである
これは自分をつくることである
自分が作った恵方巻には
自画自賛の味が出る

幻の約束

男はホテルで結婚式を挙げた
そのとき男は思った
年に一度は、この記念日に
このホテルに、食事に来よう
と考えたが、口にはしなかった
それから五十年が過ぎた
このホテルの前を時々通るが
このホテルに入ったことはないが
あの時、あのように思った思いは
今も忘れてはいない

今日という日

今日は二〇二二年二月二日で
二が五つ並んだ珍しい日である
ところで、今日
大きなニュースがあった
北京での冬季オリンピックが
終わって静かになるかと思うと
ロシア軍がウクライナに侵入した
戦争が始まったのである
この戦争の仕掛け人は
ロシアの大統領である
今まで保たれていた世界のバランスが
急に乱れだし、大変なことになった
何時まで続くであろうと考える
第二次世界大戦の経験から

戦争のむなしさが甦り、心が曇る
戦いは始めると止める時が難しい
といわれる、その通り、戦いは治まらず
二年が過ぎても、今も続いている

かこつけ（託け）

コロナウイルスの蔓延が
なかなか収まらない、だが
これが原因で全てのことが
閉ざされて出来ないわけではない
出来ることはいくらでもある
だが、コロナをだし（口実）にして
ことが可能なのに出来ないと
避けようとする者がいる

だしは少量でうまい味が出る
人はだしが好物である

弁当

弁当に幕の内弁当というのがある
幕の内弁当は美味しい
家の食事とは味が違う
いろいろの種類のおかずが
入っていて栄養的にもかなり
バランスが取れている
だが、二回続けての採食はきつい

弁当を食べた後、私の腹は
一口でよいから自家製の一品が

食べたくなる癖がある
面倒なことだが癖だから仕方がない
癖は生活習慣から生まれる
癖は誰にでもある
無くて七癖という言葉もある

所が家の食事は少し違う
毎日食べても飽きは来ない
不満足感も出ない
これはどういうことであろうか
この味覚反応はどの様にして
出るのだろうか、心理的な
あきらめの反応であろうか

だが、そういいながらも
大船駅の売店で売られている

鯵の押しずしは口に合う
時々買って食べるが飽きがこない
だが、物価の値上げの波に乗ってか
価格が少しずつ上がっている
段々と手が出しにくくなる

とも（友）

大切なものに友がある
友にもいろいろあるが
友の中の友が親友である
義務教育の折にできる友
高校生時代にできる友
大学生である時にできる友
学生時代には親友が出来やすい

親友は心の支えになる
親友を思い出すだけで心が休まる
親友のある者は幸せである
親友が欠けると
自分の世界が狭くなる

五月一日

今日は二〇二二年五月一日である
昔は五月一日と言えば
メーデーでプラカードを掲げて
賃上げ要求の集会とデモがあった
交通機関が乱れて、
通学通勤に混乱が起きて大変であった
これが年中行事のひとつでもあった

今は時代はすっかり変わって
あの状態を知る人も少なくなっている

今日は静かな普通の日である
あの頃を思い出しながら
空を眺めると曇っている
雨が降りそうである
そうだ、今日は
三月に蒔いたかぼちゃが
適度の大きさに育っているから
これを植え替えよう

植え替えを終えて
出かけようとすると雨が降りだした
だが、バスも電車も
通常のスケジュールで動いている

あの時代とは違うと思いながら
傘をさして出かける
これが、私の今日のメーデーで
通常の一日であった

カメラと共に

今日は五月の二六日である
何時もの散歩に出た
道順はいつもと同じである
つつじの花は終わり、青葉に変わり
辺りを眺めるとアジサイの芽も
花に変わりだしたが、まだ、
葉の色と同じで、色はついていない

スズメの産卵期が近づいているようで
枯草をくわえて土手の排水溝の中に
入って行くのが見えた
あれは巣づくりの材料だと思う

スズメが枯草を穴におき、排水管から
出てくるところを一枚写真にとった
動くものを写真にとるのは難しいが
タイミングよくシャッターを押した
まあまあの一枚がとれた
これが今日の散歩の収穫になった

二四時間勤務

堀江謙一氏がサンフランシスコから

六九日間の単独のヨット航海を終えて
帰国したと、報じられた
このニュースで思い出すことがある
彼は六〇年前の一九六二年にヨットで
日本からサンフランシスコまでの
航海を単独で成し遂げている

このニュースを知ったのは
モントリオールで学んでいる時であった
教授の秘書が新聞の切り抜きを
持って来て知らせてくれた、この時
彼の行動力に感動し、自分も頑張ろうと思った
当時、日本はまだまだ発展途上国であって
日本のニュースは殆どなかった

今回のこの航海で、彼は太平洋を

往復したことになる
単独航海は孤独な二四時間勤務である
体力と精神力と知恵と度胸と
行動力がなくては
とても出来るものではない
と昔を思い出しなら、今日も散歩した

雨間の散歩

梅雨が開けたというのに天気は悪い
雨間を見て何時ものように散歩に出る
時刻は三時頃、通りに出る
大きなランドセルを背負った
一人の下校中の少女が眼に入る
あのランドセルの様相から

あの子は一年だろうと思う
歩く姿が可憐である

散歩の途中、小枝の間から
民家の二階の部屋の中がちらっと見えた
洗濯物がぶら下がっている
この家も我が家と同じだと思う
雨日が続くと洗濯物が乾かず閉口する
我が家の二階のゲストルームも乾燥部屋に変わる
散歩していると、いろいろの
光景が目に入る、これも散歩の楽しさである

ふくろ（袋）

袋は物を入れるものである

袋にもいろいろある
今、一番利用されているのが
紙袋とビニール袋であろう
袋に巾着というのもある
これは袋の上を紐でふさいで
ぶら下げることの出来る袋である
巾着を肩に背負うように
改良されたのが
リュックサックで、今は
誰もが背負って歩いている

封筒も紙袋である
先日、書棚を
かたづけていると
自分が一番好きであった封筒が出てきた
毎月、この袋をもらっていた

待ちどおしかった給料袋である
年々、少しずつ中身が膨らんで来るのが
嬉しかった、それも
何時の間にか、この袋の中身は
紙切れ一枚になった
給料袋は厚さがないと
もらった時の感動がない

朝の散歩

今日は七月一九日である
朝から少し曇っていた
何時もは、夕方に散歩に出るが
曇っていて、涼しそうであったから
朝食を済まして散歩に出た

何時ものコースである
山の傾斜面のあちこちに
山ユリの花が、こちらを向いて
頑張れと、励ましてくれている

山ユリの花はアジサイに続く花である
鶯があちこちで鳴いている
ガビも鳴いている、よく響く声だ
爽やかな微風が吹いて気持ちがよい
辺りを眺めながらゆっくりと
いつものコースを歩く

よい散歩だった
家に帰りシャツを脱ぎながら
外を見ると雨が降り始めた
シャワーを浴びてから

何時もの様にスマホの万歩計を見ると
五、一八三歩であった
この値はいつもの散歩数である
それからソファーに腰を下ろすと
ひと仕事済ませた感じである

犬を数えながら

散歩は夕方にすることが多いが
今日は珍しく朝の六時に家を出た
夏の朝六時はそう早いとは言えない
涼しい、空気は新鮮だ、気分爽快
早朝の散歩はなかなかよい
明日も早朝散歩をしようかと考える

散歩中に解ったことがある
それは犬と散歩する人の多いことだ
今朝は七匹の犬と会った
中には犬が動かず閉口している人もいた
考えてみれば、夏の夕方の道路は
太陽の熱で焼けている
犬を散歩させるには適さない
適するのは早朝散歩になる

犬を飼った経験からすると
犬の散歩は欠かせない
散歩に出ないと犬が騒ぎ出す
犬の散歩は飼い主の義務になる
飼い主自身にとってもよいことがある
それはこの散歩が飼い主自身の
健康につながることである

犬の顔

今日も、いつものように散歩に出た
道順も何時もと同じである
辺りを眺めながら散歩する
向こうの方から、犬と散歩する
ご婦人がこちらの方にやって来た
犬はテリアの様な気がした
犬は向こうの方から
私の顔を眺めながら歩いている
段々と近づいてくる
ご婦人は前の方を見て歩いている
犬はこちらの方に近寄ろうとしてくる
犬にひと言、ハローと掛けようと思うが
ご婦人が前を見て歩いているから
挨拶はしない方がよさそうだった

無言ですれ違う
すれちがった後も、犬は
こちらを振り向いたまま、ご婦人に
引きずられるようにして進んでゆく
ご婦人と犬から離れた後
犬にハローと、ひと言
声を掛ければよかったかなと考える
散歩していても
それなりに気を遣う時がある

生きる道

道にはいろいろある
義務教育の道は同年齢の者と
同じ方向に、同じ速度で歩く

ところが、その後の道は
独自の道を歩くことになる
独自の道は孤独である
孤独は不安で何かに頼りたくなる

道はいつも真っ直ぐではない
曲りもある、交差点もある
整備されない、ががた道もある

道は時々振り返ることも必要である
たどった道がよかったのか
悪かったのかは
記憶の中に記録されている
この記録を思い出すことで
これから進む道を
見定めるのに役に立つ

そよかぜ

そよ風を肩に受けて
ルンルン気分で散歩していると
人の高さのヒマワリが
太陽の光を受けてこちらを向いている
ハーイとヒマワリにひと声をかける
この時、風が吹いてきて花が少し揺れる
挨拶は誰にしても気持ちがよい

鎌倉の街

鎌倉は魅力のある街だ
いつ来てもよい街だ
来週も、また、来たいと思う街だ

それは来て見て解る

鎌倉の目玉は何であろう
八幡さんか、大仏さんか
他にもまだまだある
それは訪れてからのことだ

鎌倉に来てみれば歴史の香りがする
大仏さんも座って
君の来るのを待っている
大仏さんの願いも叶えてあげよう

免許証返納

誕生日が近づいてきた

この日が来ると九〇歳になる
今年が自動車の免許証の
書き換えの時でもある
そう思っていると、思いどおり
その通知が来た

このはがきを見て
どうしようかと考えた
これを機に免許証を返納しようか
それとも、もう一度
継続しようか、迷いが出る
自動車の免許証は、運転だけでなく
身分証明の役割も果たしている

九〇歳の誕生日がその機会である
今まで事故を起こさずに

安全運転できた
事故を起こした後では手遅れだ
思い切って腹を決める
警察署に行き、手続きをする
今まで使用していた免許証に
穴があけられて返却された
もう、これは使用できない

突然、片方の脚を一本
失った気持ちになる
今まで通り自由に
出かけられない、不便になる
今まであったものを
失うことはやり切れない

支える

槙の木のひと枝がのびて
それがなかなか形がよい
切り落としてしまうのはおしい
これはもう少し伸ばしてみよう
盆栽を育てる気持ちになる
これは人を育てる心にも繋がる

人も長所の芽生えが見えたら
それを抑えずに光を与えれば
その光が促進作用に働き
大きく広がって行く、これを
邪魔をするものがあれば
それを避けないと、光がとどかず
この先は暗くなる

リス公園

何時も散歩する道の途中に
猫の額ほどの広さの公園がある
そこにはブランコと鉄棒がある
時々、子供たちが何人かで
ブランコに乗って遊んでいる
この公園の隅にリスの石像がある
このリスから分かるように
公園の名称はリス公園である

今日、散歩していて
あれっと気がついた
そのリスがエプロンをして
カバンをかけているではないか
なかなか様になっている

昨日にはなかった姿である
このリスの姿に
今まで以上の親しみを感じる
誰のアイデアであろうか
馬子にも衣裳
という諺を思い出す
時には自分も変身してみよう

アフタヌーン・ティー

西洋文化に関心を持ち始めた
頃のことである
西洋文化を理解するには
先ずは食事からと
朝はブレックファースト

昼はランチを
三時にアフタヌーン・ティー
夕食はディナーにしよう

ところで、この願いが
叶えられるようになったのは
それから随分時がたって
職場を定年退職して、解放されて
自由になってからである
それも毎日ではなく時々である
立案計画を立てて思い続ければ
何時かチャンスは来る

風のいたずら

夜、安眠中にガタガタと
窓ガラスの音がして、目覚めた
何だろう
風のいたずらであった
もう少し寝たいのに
後は、もう眠れない

野外では、今、桜が満開である
この風では花の満開は保てまい
花は風にむしり取られてしまう
風の力を静める神の手は
何かないだろうか
一年かかって咲いた花を

風にむしり取られるのは忍びない
人生は長いが花の寿命は短い

長いものにまかれる

新型コロナウイルスが蔓延して
どんどんと時間だけは経過する
マスクはなかなか手放せない
生活必需品の様になってしまう
マスクを掛けることが習慣になって
人に接した時には、
相手がマスクをしていないと気になる
いつの間にか、自分の心にまで
マスクを掛けるようになってしまっている
コロナが下火になっても

マスクを手放なす勇気が出ない
マスクが下着のようになる
まさに、習慣は第二の天性なりである

散歩しながら

今日も散歩に出た、外気は気持ちがよい
八重桜が満開である
コロナウイルスの流行は鎮まってきたが
スギ花粉はまだ飛んでいる
杉花粉に感受性のある自分は
花粉の飛散が少なくなってきても
気は緩められない、自分の体は
自分で適切に対処することだ
気を緩めるとすぐに

咳の症状が出るようになる
ウイルス感染で起こる咳なのか
花粉症による咳なのか分からない
散歩は体力増強の一巻であると
マスクをして考えながら歩く

家計簿

現在の生活は消費生活である
何もかも買わねば生活が出来ない
生活には出費がともなう
持ち金には限度がある
考えながら使わないと
出費がオーバーし、赤字になる
これが続けば破産になる

赤字を避けるには記録が必要である
その記録が家計簿になる

ここで一つ卑近な例を挙げてみよう
外出した折に金を使いすぎてしまえば
帰りの交通費がなくなり
途方に暮れる、常に、手持ちの金を
心の家計簿に記入していれば
帰りの交通費の心配はない
家計簿は生活の設計図になる
他人の家の家計簿を覗けば
その家の生活の様子が解り参考になる

家族円満

高齢者、老人、おじいちゃん
おばあちゃん、これらは同義語である
同義語には夫々特有の響きがある
高齢者という言葉には
行政的な意味合いが強く、事務的で
温かみがなく、味気がない
だが、今は高齢者の社会になった

老人という言葉は通常
用いられている言葉である、だが
この言葉からは人の動きが伝わらない
夏にはクーラーの下で昼寝
冬には炬燵に入り、お茶を飲みながら
ＴＶを眺めている像が浮かぶ

おじいちゃんとかおばあちゃんという
呼び方には親しみが出る、動きが伝わる
子供とおじいちゃんやおばあちゃんの
会話が耳に入ると家族円満の光景が浮かぶ
対話の相手で感情の響きが違う、
自分はどのような響きを人に
与えているであろうかと時折り考える

稲荷寿司

稲荷寿司はうまい、好物である
今日、街に出た
ビルの中に入ると弁当屋が眼に入る
好きな稲荷寿司をさがしてみる
ひとパック四三〇円である、手にして

会計レジに行くと、支払い機械がある
五〇〇円硬貨を入れるが作動しない
その硬貨はこの機械では使えません
と店員の声がする
そこで財布から二千円札を出して
支払い機械に入れようとしても入らない
その札も対応しませんよ
現金はどうなっているのかと思う
私の財布の中のSuicaが
店員の目に入る
そのSuicaが使えますよ
財布の中の硬貨は重い
この際にと考えていたが
目的は果たせなかった
カードで稲荷寿司が手もとに入る
時代はカード時代である

新札五百円札から

今年、二〇二四年の七月に新札が出た
札には写真が印刷されている
一万円札の渋沢栄一
五千円札の津田梅子
千円札の北里柴三郎
私はこの千円札の写真を眺めると
昔の自分が甦る
北里は破傷風菌の研究と
その免疫で大きな成果を上げ名声を得た

大学を卒業した年に
伝染病研究所に職を得た
それが、偶然なことにこの破傷風の
ワクチンの研究に携わることになった

当時、日本にはこのワクチンはなかった
それからしばらくの時を経て
破傷風、百日咳、ジフテリアの
三種混合ワクチンが完成し、世に出た
この千円札を眺めると
あの頃、注意しながら破傷風菌の培養を
していたことを思い出す
このワクチンの普及で、この病は姿を消した
この千円札は常に財布に収めておこう

勇者は語らず

家内が外出するときに
洗濯物をお願いします
と言って出てゆく

その願いは
洗濯物を干すことである
時は三時ごろであった

洗濯物を取り入れようかと
二階のベランダにゆく
あれっ、ない、急いで下に降りて
洗濯機の蓋を開けてみるとある
ある、干さなかったのである
忘れてしまったのである

すぐに、干しにかかる
幸いなことに
今日は天気もよい、風もある
すぐに乾くであろう、五時頃になって
見に行くと思いどおり、乾いている

目的完結だ、だが弱点は人には語らず

健康、予防、病

オリンピック２０２０

新型コロナウイルスの蔓延の最中
一年遅れでオリンピックが
二〇二一年七月に開催された
ゲームは無観客であった
テレビの放映を見ていても
空座席ばかりが目について
何のための競技場かと考えた
ワクチンの接種も始まっていたが
オリンピックには間に合わなくて
ウイルスの感染者は
増え続けるばかりであった

入院ベッドが足りない
緊急事態宣言も出る

てんやわんやである
早く野戦病院のような施設を
という意見が強まる
正しい叫びである
必要な叫びだが、ことは進まない
そうこうしている間に
オリンピックは終わった
大きな声でオリンピックは
成功だったとは言えない

感染者は更に増えた
救急車に乗っても
入院するベッドがない
車の中で待つ患者も現れだした
病院は他の患者にも必要である
医療崩壊という言葉が広がる

オリンピックに続いて
パラリンピックが続く
混乱、混乱で時だけが過ぎていった

目の疲れ

新聞を読んだり、本を読んだり
テレビを見たり、また、コンピューターの
キーを打っていると
目が疲れる、すると頭も曇って来る
こんな時、庭に出て鋏を持って
樹木の枝を眺め、これを切ろうか
これは残そうかと考えながら、時々
空を眺めたりしていると
目の疲れもとれて、視力も楽になる

頭もすっきりして、目薬をさすよりも
自分には適しているようだ
今日の午前中もこの方法で
視力の疲れをとった

有酸素運動

新型コロナウイルスの
パンデミックが起こり
それがなかなか止まない
気分がすっきりしない

今まで続けていた水泳を
人との接触を避けるためにと
ウォーキングにかえる

それから一年以上が過ぎた

歩く距離は五千歩ほど、
コースはいつもほぼ同じ
時間は夕方、せっせと歩く
有酸素運動である

家に帰ると、万歩計を眺め
それからシャワーで汗を流す
汗を流した後の気分は爽快である
これで今日の仕事は終わり

マスク

新型コロナウイルスの

パンデミックで
マスクが必要品になった
以来、マスクは外出時には
財布と同じで、欠かせない
人の気配のないところでも
マスクをするようになってしまった
今や、マスクはカバンの中や
あちこちのポケットの中にも入れて
感染の予防を心掛ける
マスクで有名になったのが
あのアベのマスクである
以前、マスクは、白いのが普通であったが
今では、ファッション的なものもある
マスクの使用目的は感染の予防である
白いマスクが一番衛生的に見える

親近感

ちょっと立ち寄った場所で
予期しない人に会った
話はこうである
行きずりの挨拶がきっかけで
話が弾みだした
偶然にも相手が高校の
同窓の先輩であった
馬が合った、心が開いた
急に親近感がわいてきた
新しい関係が始まりそうである
偶然の出会いが宝に変わる
宝は価値がある、宝は財産である
財産は手離さないがよい
財産は金めの物だけではない

もうすぐ新しい年

今年も、新年が近づく
年賀状を書く時期だ
来年はトラ年である
年賀状にトラという言葉を入れたい
新型コロナウイルスの
パンデミックの最中でもある
一日も早く収まってもらいたい
年賀状の案がなかなか決まらない
新年は近づいてくる

トラ、とら、虎
とらは猛獣である
コロナウイルスは感染力の
強いウイルスである

健康、予防、病

来年はどうなるだろう
とらは英語では tiger という
When the tiger dead,
the stag dances on his grave
（トラが死にトラの墓の上でシカが踊る）
という諺が英語にある
来年は新型コロナが収まって
踊れるような年になればよいが
と考え、年賀状には
この考えを書こうかと考える

庭の利用法

以前、どこかの本で
「スズメの嘴より短い」という

表現を読んだ記憶がある
我が屋の庭は狭い、それだのに
庭に雑木が植えてあると言うよりは
生えているといった方がよい
夏にはこれが日陰を作ってくれ助かる
この庭に道を作った
道は雀の嘴よりも短い道で
道を奥の小道と名づけている
万歩計で測ると五五歩しかない

私はこの道を剪定鋏を持って
日々、何回も歩く
春が来ると、この木の上に
かぼちゃの蔓を這わせて
空中をかぼちゃ畑にする
この二刀流の使用法で、ここに

小鳥を迎える、植物と小鳥は
自然を代表する象徴物である
人が自然を保護すれば
自然も人を保護してくれる
持ちつ持たれつである

ウイルスの感染の回避

新型コロナウイルスの
オミクロン株が流行しだした
このウイルスの感染力はすさまじく
日々、感染者が増加するばかり
ワクチンの感染防御力は弱く
厄かいなウイルスである

感染を避けるには
出来るだけ人混みを控えるがよい
家に留まり、ニュースで
状況を知ることは大切である
流行の状況を知ることが役に立つ
状況が解れば予防の対処も出来る
（オミクロンとはギリシャ語の
アルファベットの第一五字である）

考える

時間に間に合うであろうか
もう少し早く家を出ればよかったのに
と考えながら急ぐ

仕事をしながら考える
もう少し早くから頑張って
やって置けばよかったのにと

夕食を摂る前に考える
ワインを飲もうか、今日は止めようか
一日が無事に終わった、一口飲もう

ベッドに入ってからも考える
明日はどうしよう、そうだ
思いついた時が好機である、やろう

人は休むことなく、絶えず
何かを考えている動物である
だから忙しくて暇ができない

手指の消毒

新型コロナウイルスの流行が始まって
マスクと手の消毒は必然になった
マスクを掛けなくては外出が出来ない状況で
マスクを忘れてはいけないと、常に
予備のマスクをポケットに入れておく
人混みに近づくと、マスクを出そうと
ポケットに手を入れると、あちこちの
ポケットにマスクがある、それでも
うっかりすると忘れることがある
外出先でどこの店に入っても、先ずは
アルコールで手指の消毒をする
目的のものが見つからず
隣の店に入っても、先ず、手指の消毒だ
これが今の社会のおきてになっている

おきては破ることはできない、ところで
手指の消毒も大切であるが
人は心の消毒も忘れてはならない

薬食同源

何事もこだわり（拘り）過ぎはよくない
こだわりは落とし穴になるから
程々にするのがよい、時に
自分で作った、この穴に落ちることになる
偏食は食の片寄りである、
片寄りは変則である
メタボリックシンドローム（メタボ）は
この食べ物の副作用になる

メタボは風が吹けば桶屋が儲かる
の諺のカテゴリーと似ていて、次々と
障害のステージが誘発されてくる
これはいただけない
適切な食が、食病予防の薬であり
健康への道である
これぞ、病予防の医学である
即ち、薬食同源の道である

弱点はカバーされる

体のどこかに傷んだ所があると
そこに負担が掛からないように
他のところでそこを保護しようとする
先日、庭の手入れをしていて

右手を打ちつけた、不覚だった
そこにかかる負荷を減らそうと
左手で作用を続けた
この代行性の作用で
右手の負荷はカバーされる
体の臓器においても同じである

精神的な悩みにもこのような
代行があるだろうかと考える
悩みから脱出しようと
代行性の働きを探さねばならない
そのままにしていれば
状態はそのままである
考えれば何か知恵が出る
知恵が出れば動きが出せる
動きは代行性の道になる

散歩中の雑談

散歩をしていて外国人に会った
相手も散歩中であった
ハーローと言葉をかける
挨拶だ、挨拶は社会生活に必要だ
この一言が雑談するきっかけとなった
馬が合う外国人だ、イギリス人だった
雑談中にひとつ聞いてみた

日本で一番好きな食べものは何ですか
寿司とラーメン、という返事がきた
散歩中でも世界は広がる

寿司もラーメンも日本の代表食である
私も好きな食べ物でもある

以前は西洋人は生ものは食べなかった
それは衛生上のことからであったようだ
今では日本の食べ物の衛生状態はよい
食べ物で一番大切なのは
この衛生的である、次に味である

今日のひとこま

漫画の文章はひとこまひとこまが
区切られた短い文である
Simple is better である
その内容にはヒントがある、道理がある
ウイットもある、それが面白い

ところで、自分の今日のひとこまは
何であろうか、考えてみる
なかなかそのひとこまが浮かばない
ひとこまのない平凡な
映えのない一日だった
明日のひとこまに賭けよう

想定と対策

想定は自分の経験から生まれる
庭の垣根の木の枝が伸びているのが
気になった、切断しよう
長袖のシャツを着て
怪我をしないように手袋をする
木片が目に入らないように

淵付きのメガネをする
蜂の予防に網付き帽子をかぶる
このような安全対策で剪定鋏を持つ

蜂の巣はあるかないかは分からない
だが危険の可能性はないとは言えない
その可能性が起きた
鋏で枝を切っていた時に、ことが起きた
三、四匹の蜂が襲ってきた
あっという間に手袋の上から刺された
すぐに、その局所をよく水道水で流し
アンモニア水入りの薬を塗る

痛みだす、腫れが出る
組織に入った毒はもう取り出せない
大分以前にも蜂に刺されたことがある

ショック症状が出ないだろうかと
心配しながら、時々、血圧計を測る
幸いにも大事に至らなかったが
手の腫れは二日間続いた
蜂に対処する対策が不十分であった
厚い手袋が必要であったと反省は今も続く

足袋はサポーター

先日のことだが
ちよっとよろめいた折りに
左足の小指を机の足にひっかけて
痛い目にあった
一度あることは二度という
経験は無駄にしないことだ

吉田元総理は引退後神奈川県の
大磯で暮らしていた
元総理は夏でも白足袋を履いていた
ということを何かで知った
夏は素足の方がよいのに
と思ったことを記憶している

この頃、自分も夏になっても
足袋をはくようにしている
高齢になると体の反射機能が鈍る、時々
足をものにぶつけるようになった
足袋は足のサポーターにもなる
これは元首相の知恵の拝借になる

それが問題だ

コロナウイルスの蔓延は収まらない
ウイルスは変異しながら広がる
今は七波の流行中である
これは妻の話になるが
先日、妻が会合があり出ていった
その会は、一部屋に十五人程入っていた
会議が二時間程続いた、会議は終わった
家に帰ると電話が来た、その時の会議の
司会者がコロナの感染者だった
狭い部屋で窓を開けずにいれば危ない
会議の参加者はクラスターになる

コロナウイルスの潜伏期は三日程である
ところで、三日後がコロナの

予防注射の日に指定されていた
この注射を受けて発熱が出ると
コロナ発症の発熱なのか、それとも
ワクチンの副反応によるものかが
区別できない、
今、名古屋で相撲場所が開かれている
幕内力士七人に感染者が出て休場している
予防注射をどうしようか、迷う
それが問題だ

やまい（病）

男が病にかかった
心臓病だった、この男は
人の心を痛めてきた男である

男が病にかかった
肺の病だった、人に冷たい息を
吹きかけてきた男である

男が病にかかった
脳の病だった、男は
約束を守らない男であった

世の中にはいろいろな人がいる
世の中を生き抜くには
心してかかるべし

期待

新型コロナウイルスは呼吸器に

感染して病を起こす
厄介な微生物である
最大の予防の手段は人との接触を
避けることである
山の中の一軒家に住んでいれば安全である
この考えを頭に入れて
社会活動することは参考になる
マスクは感染の予防に役に立つ
手指の洗浄も予防になる
蔓延の続く間は、マスクは外せない
人との対話もままならない、ともかく
感染の鎮静化を待つことである
待つことは期待することである

花は薬

きれいな花を眺めていると
気分が明るくなる
よい香を放つ花は
不愉快なことを
追っ払ってくれる
これぞ万人の薬である
心の中にも花を咲かせよう

健康は保つもの

夕食時間が近づくと
何を食べようかと考える
ともかく冷蔵庫を開けてみる

コンビニに買いに行くのも気が向かない
もう一度、冷蔵庫の中を覗いてみる
そうして、考える

自分の健康は自分で守らねばならない
健康を失うことは
自分を失うことである
欠食は健康を失う道になる

何を食べようか
何時もの様にリゾットを作ろう
冷蔵康を見ればば材料はある
リゾットは消化がよい
味付けはポーランド産の塩にしよう
この塩は味があるからと
頭の中で料理の献立が進む

今日の散歩

新型コロナウイルスの流行が弱まってきた
今までマスクの着用が必然であったが
自己判断に任されるようになる
考えてみれば、そうだ
マスクは感染症の予防だけではない
帽子を被り、マスクをして
長袖シャツで散歩すれば
紫外線対策にもなる
強風の時のマスクは埃除けにもなる
花粉が飛来する時には予防になる
あれこれマスクの着用について
考えながら散歩をする
ともかく、もう、少しの間、マスクは
ポケットに入れておこう、と考えながら

何時もの散歩道を歩いた

救急車再来

大分、前のことになる
向こうの方から救急車の音がしてきた
音が家の玄関先で止まった
あれ、何であろう
自分が呼んだ覚えはない
玄関のドアーを開けてみる
隊員が前の家に入って行くのが見えた
これでことの成り行きが分かった

ここ暫くの間、暑い日が続いていた
七月のある日の夜中に、再び

家の前で救急車が止まった
今度は自分が救急車に乗ることになった
夜中に目覚めると、汗が出て寝にくい
時々、水を飲んで様子を見るが眠れない
トイレに行こうと
立ち上がろうとするが立てない
突然、頭を金鎚で
なぐられたような気がした

脳で何かが起きたであろうか
これはまずい
それとも熱中症かなと考える
暫くすると、めまいが起きだす
やっとの思いで
安楽椅子に腰を下ろして様子をみる

家内がホームドクターに電話して
様子を説明する
そのめまいはよくない
脳に異変が起きているとよくない
救急車を呼ぶがよい
アドバイスに従い
救急車に乗ることとなった

救急車に乗るときまでは意識はあった
毎日測定している血圧記録を隊員に示す
ここまでは記憶していたが
何時の間にか意識がなくなった
意識がもどったときは
病院のベッドの上にいた
腕には点滴用の針が刺さっていた

先ず、ＣＴを撮ってみる
それから念のためにとＭＲＩで
脳内の様子を丹念に調べてもらう
著変はなかった、意識を失うまでの
症状が出ているのだから
何か痕跡があるだろうと考える
案の定後遺症がでた
歩くとふらふらする
三半規管のトラブルである
厄介なことだが仕方がない
後は運動と目のリハビリで
回復を期待することになる
長期戦になりそうだ
後期高齢者だから、何時
何が起こるか分からない
という考えが頭に残る

今年の年末

年が過ぎるのは早い
ほんのこの間まで
暑い日が続いていた
この猛暑は地球の温暖化現象だ
という声が出る、だが
年末になると、嘘のように
急に冬の到来である
本当に温暖化だろうかと考える

体調がおかしくなる
自分の体調は人に任せられない
ところで、秋はどうなったのだろう
誕生日を迎えると九二歳になる
後期高齢者だ

生物界には天然記念物がある
これに近づくような気がする
天然記念物は年を重ねるほど
その価値が高まるが
その維持はだんだん難しくなる

ウォーキング

九〇歳を過ぎた頃から
散歩が仕事の様になる
薬を飲むよりは散歩だと歩く
散歩に出るというよりは
ウォーキングすると思う方が
何となくハイカラな気分がする
この気分で歩くと足どりが軽い

夏は日陰と風通しのよい道程を歩く
冬は日当たりがよくて
風のない場所を求めて歩く
いつも同じ道を、同じ速度で
同じ方向に歩く、歩く距離は
五千歩を切らないようにと決めている

時には、その道程を
逆方向に歩くこともある
すると違う場所を
歩いているように見える
馬鹿の一つ覚えも悪くはないが
時には考えを変えてみるのもよい
すれば新しい世界が現れてくる

消える記憶

雨降りでなければ、ほぼ毎日
散歩をするようにしているが
時には気乗りのしない時もある
そんな時にはは考え直して
健康の基本は歩くことからと靴を履く

今日、散歩の途中、詩になりそうな
内容が頭に浮かんだ
家に帰ったらメモしようと意を固める
それからも暫く散歩を続け、家に着く
お茶を一杯飲んで
さあ、先程の思いを文章にしよう

ところがその思いが出てこない

いくら考えても出てこない
釣りに出て針にかかった大魚が
針から外れて逃げてしまった気分だ
何とかこの逃げた魚を入手したい
先程、散歩した道を引き返したならば
逃げた魚を捕えられるだろうかと考える
そんな心境が暫く続く、残念
今日の散歩はこんな散歩だった

とげ（刺）

野外で何か作業すると
とげが指に刺さることがよくある
とげは小さいから刺さっても
いつ、刺さったか分かりにくい

局所に反応が出て気がつく
とげに黴菌が潜んでいるかもしれない
そのままには出来ない
とげで起こる炎症は抜かないと治らない

言葉にもとげがある
このとげ、刺さるときつい
何気なく交わした言葉の一部が
心にとげとなって刺さることはある
誰にも、この種のとげが刺さっている
このとげは皮膚に刺さったとげよりも
抜けにくいから
言葉には気を付けないといけない

散歩の心得

健康に勝るものは他にはない
この答えは、誰が、何度
考えても同じである、この心で
今日も、いつもの様に
散歩に出かけよう
今からの散歩は明日の健康に繋がる
明日の散歩は明後日の健康に繋がる

肉、野菜、果物は健康に必要な
食材である、これらの食材は
散歩の際の健脚つくりの要素になる
脚は散歩するのに一番大切である
先ず、出発のまえに大きく深呼吸をして
二、三度足踏みをして

脚の運びを整えて歩き始める

散歩道は片方が山側で
片方が住宅街であるから歩きやすい
暑い時には木陰を求め
寒い時には日向を求め歩く
四季の日々の変化を感じながら
野鳥の鳴き声を耳にしながら歩く
実に健康的な散歩ではないか

水泳を散歩に変えたのが
新型コロナウイルスの流行が
始まってからである、三年になる
プールには車かバイクで出かけたが
散歩にはバイクも車も要らない
薬を飲むよりは散歩だ

と唱えながらせっせと歩く

思考、人生、社会

理解できるとき

垣根の槙の枝を鋏で
切っていると、近所の高齢者が
杖を突いてゆっくりゆっくり
一歩一歩、歩幅を確かめるように
介助者と一緒に散歩する

人の体は思うほど強くはない
傷つきやすい生身である
自分がこうして鋏で木の枝を
切っていられることは
幸せなことである

人の一番素晴らしいことは
健康でいられることだ

この意味が分かるのは
病気になった時と
高齢になってからである

思い出の人

ご無沙汰している間に
いつの間にか彼は
思い出の人になってしまった
もう会うことはできない
何か機会があるごとに思い出される
心からの友であった
彼のような友はなかなかできなかった
返す返す残念でならない
思い出してもどうにもならないが

今日も思い出した
今日は、これ以上
思い出すことは止めよう

金庫

頭の中に玉手箱がある
これは一度も開けたことのない
開かずの金庫のようなものである
何が入っているか分からない
きっとよい宝が入っているだろう
と期待は募る
一度開けてみたいと考えるが
まだ、鍵が見当たらない
このままにしておくと

開かずの玉手箱である
想像では、中には、きっと
よい知恵が入っているように思う
早く鍵を探し、開け
その知恵を取り出して活用したい
もう一度鍵を探してみよう
金庫は利用しないと用をなさない

どこに行く

銀座の柳は話を聞いただけで、毎日
格好よくなびいていると思う
柳の下ではヤングが集まってだべっている
外国人のカップルが手を繋いで歩いている

銀座は高級すぎるからと
銀座には行かずに渋谷に行く人がいる

人にはそれぞれ自分の目標がある
それに従って行けば、それでよいではないか

東京で暮らしたいと出てくる人がいる
東京は住みにくいと出ていく人もいる

人は気軽に住めるところに住むがよい
何も気張ることはない

思うこと

七〇歳を超える頃になると

八〇歳の山のあることが分かる
そうして、登り始めると
七〇歳の山より少しきつい
体は重い、だが山は登れそうだ
過去を思い出しながら登り始めると
出だしは案外順調であった
あちこちの山にも出かけられた
八五歳の坂にさしかかっても
さほどきつくはなかった
思うことは、何歳になっても
足元に気を配りながら
向こうの方を見て登るがよい
見たことのないものが眼に入り
新しい経験ができて楽しい

おかしな夢

いつもは夜十一時頃に眠くなるが
昨日は九時頃になると眠くなった
まだ、寝るには少し早いと
そのままソファーで横になった
いつの間にか眠ってしまった、睡眠は
体調の調整に必要な生理作用である

それから暫くすると目が覚めた
時計を見ると二時間ほど休んだ
その間に夢をみていた
どんな夢か思いだしてみる

一人の男が眠い眠いといって
横になったまま居眠りをしていた

その間に男は夢を見ていた
どんな夢を見たのだろう

居眠りなどしていてはだめだよ
早くベッドにいって寝て下さい
と、いう声がする
夢の中で居眠りをしている男への
命令であった、男はハイと答えた
何だか、夢でないような夢であった

近道と迂回道

目的地に出かけるとき
急ぐ時には、今日は忙しいからと
近道をせかせか急ぐ、ところが

急ぐ必要のない時にも
つい、近道をせかせかと急ぐ、
習慣は第二の天性なり
という言葉がある
なぜそう急ぐのか
スローライフという言葉もある

近道もよいが、遠回りするのもよい
今の世の中は目まぐるしい
心を満たす暇がない
ひとつ終われば、次が待ち受ける
人は社会の波に常に揺られている
少し、生活にスローライフを
取り入れた方がいい
人生はスローライフの方が楽しい

判断と作動

人の心には開く弁と閉ざす弁がある
その作動は心臓の様に規則性はなく
自分の意志に委ねられている
判断を誤ると大変なことになる
時には、猿も木から落ちる時がある
こんな時は自己反省感がでる
これがいつまでも心に残ると悩みになる
当り前のことだが
判断は念には念を入れてするがよい

公平な観察

庭木の上を這わせたかぼちゃの蔓に

花がいくつも咲く、花の色は黄色だ
その花を眺めていて気がついた
それは雌花よりも、雄花の方が
圧当的に多いことだ
雄花は授精に必要であるが
かぼちゃにはならない
今まで毎日、かぼちゃの
蔓についた花を眺めていたが
かぼちゃになる雌花ばかりに
気を取られていた
雌花贔屓目（ひいきめ）
の観察であった
これからはもう少し
公平な心で観察しよう

すごいこと

これはすごいことだ
何がそんなにすごいのか
君には隠された力があった
それが解った、今まで君は
それに気が付かなかった
やればできた
僕は君の能力に驚いた

誰にも隠された能力はある
気が付かないだけである
その能力が、何かの機会に
カバーが外れ、突然、飛び出す
そのカバーが邪魔して隠されていたのだ
これからは、これを伸ばしていける

君の繁栄は約束されている
後は君の実践力である

先を見極める

クラーク博士は
青年よ、大志をいだけ
という言葉を残して
札幌農学校を去った

私は青年に何といおう
青年よ、夢を持て
青年には未来がある
夢には明るい広がりがある

高齢者は言う
人生は無限ではない
人は動から静の生活になる
生物には授けられた道がある

頭の中の宝

頭の中は記憶の貯蔵庫である
この中には、昔の友達も
知人も、今の隣人も
かつての職場の同僚も収まっている

思い出は必要な時に
何時でも呼び出して、何回でも
思いだして懐かしく思うことが出来る

この記憶は自分だけの宝である

沢山の思い出のある人は幸せである
旅は楽しい思い出が出来た
思い出は何時でも、何度でも
呼び出すことが出来るから楽しい

思い出は自分の生活の体験から
生みだされるものである
作ろうとしてできるものではない
従って、日々の生活は大切である

今日の生活は明日の思い出になる
今日、楽しい生活をすれば
それが明日の 思い出になり
明日の一日がすがすがしい日になる

早合点

花の種を蒔いた、時がすぎても
なかなか芽が出てこない
もう芽は出ないだろうと
諦めかけたが、考えた
これが早合点であったならば
宝を失うことになる
果物が熟するには時間がかかる

一生懸命に頑張ってきたのに
なかなか芽の出ない時はある
潜伏期が長ければ発芽は遅れる
頑張れば結果は出る
諦めずに、もう一押しで
重しが動く、芽がでる

このままにしていればこのままだ
これぞ大器晩成の旗になる

程ほどに

何を動かすにも力が必要である
だからといって力が強すぎると
逆効果が出て壊れる
必要なのは程ほどの力である
この力は経験の積み重ねから生まれる
よって、力は人それぞれ違いがある
自力が解るのは自分自身である
時として力を借りることもあろうが
これは補足的なものである
借り過ぎは自分を失うことになる

頑張り

努力は人の目につかないところで
こつこつ継続することがよい
人の面前で動くのは
見せびらかしの試みである
人はそれを見抜いている
人生はゲームではない

一口で努力と言うことを説明すれば
これは経験の積み重ねである
この経験は知識になる
根気のない者は途中であきらめるが
手掛けたことを投げ出すのは
もったいないことである

待ち時間は長い

会うは別れの始めなり
という言葉がある
交際は初対面から始まる
それが何時の間にか疎遠になるのは
これが別れの始まりとなり
記憶から薄れてゆく

別れには不本意な別れもある
こういう別れは心に瘢痕が残り
いつまでも痛みの原因となる
瘢痕は簡単には消えない
思いだせば瘢痕がいたみ出す
治まるのには時間がかかる

傷みの鎮静には、心の窓を開けて
新鮮な外気を取り入れて
原因を薄め、外に放出するしかない
時間がかかる、
何事も待つことは長く感じる

心を研ぐ

年を重ねてくると
身にも、心にも、少しずつ
錆が溜まってくる
錆は汚れであるから
取り除かないと
心 体の感度が落ちてきて
切れ味が出なくなる

少しずつでも磨いていかないと
錆太りになってしまう
日々の研鑽は錆の予防に役立つ

あいさつ(挨拶)

祝辞の挨拶は短いがよい
長い挨拶にはあくびが出る
長い挨拶は挨拶ではなく
あれは講演である、挨拶は
心に残る短い言葉がよい

話のテーマはひとつがよい
テーマが複数になると
聴く人の心は散漫になって

焦点が定まらなくなるから
聞き手は他のことを考え出す

かん〈勘〉

時々、勘が当たることがある
勘は経験の中から生まれる暗算である
テレビでカーリングの試合を
眺めていて、そう思った
勘はあてずっぽうのように見えるが
そうでなくて経験の積み重ねの中から
生まれるものであるから
確率がよくても不思議ではない
勘の母は経験である

メモ（メモランダム）

メモをそのままにしておけば
唯のメモに過ぎない
そのメモに衣服を纏わせると
りっぱな内容になり
誰が読んでも分かるようになる
これがメモの目的である

自由になるまで

子供は幼児時期を過ぎると
今までの普段着を脱いで
学生服に着替えて通学するようになる

それから成長すると、今度は
学生服をスーツに着替えて
職場に入り、仕事を始める

それから職場を退職すると
スーツを脱いで、再び
普段着に着かえて、毎日散歩に出る

その後は、安楽椅子に掛けて
お茶を飲みながら庭を眺め
飛来する小鳥を眺めるようになる

自然には日々変化がある、今まで
この変化にあまり目を向けなかったが、改めて
自分が自然に順応していることを認識する

ささやき(囁き)

何か好きな言葉を囁いてみようか
ささやきは独り言だから
相手がいないから
何処にいても、何時にでも
その気さえあれば
気兼ねなく、気の向くままに
自由に口を動かせる

私は君のささやきを
一度、聴いてみたい
何時か聞かせてもらいたい
耳を開けて待っています
君は聡明だから、囁きも
優れていると思う

その時を楽しみにしているよ

遅咲きの花

花は人の心を明るくする
河津桜は早咲きの桜で
きれいに青空を飾る
だが、桜の花の命は短いから
この時をめがけて人は
この桜の花の下に集まる

ヒナギクという草花がある
この花は早春から咲き始め
次から次にと、咲き続き
晩秋になっても頑張っている

この花は地味であるが
遅咲きのこの花は、庭で輝き
人から認められ注目される

早熟であろうと、晩熟であろうと
自分が出せるエネルギーを
出せる時に出せばよい
何も慌てることはない
自分の性質にしたがった花が
自分の花である

脳の栄養

知識について、一寸、考えてみよう
知識を育てるには、何をするにも

先ずは健全な体であることである
それから考えが出来る
貧弱な体力では健全な知力は育ちにくい
何をするにも体力は優先する
この体力の出発点は食から始まる、栄養が
満たされなければ体は空腹状態と同じである

知識を育てるにも知識の栄養が必要になる
何が知識の栄養になるだろうか
それは人との対話、読書、画像観賞
旅行、社会活動などいろいろある
全ての生活の体験が基になる
有識者は豊富な栄養素で養われているから
有識者の話からは、その栄養素の匂いが
流れてくるから面白い
脳の栄養が偏れば知識も偏る

知恵の活用

人は真剣に考えねばならない時がある
だが、あまり真面目になり過ぎると
疲れが出て、考えごとが片寄ってしまう
それでも考え続けたい時がある
冷静になってみれば
過度な考えすぎは無駄である
無駄なことは早く
打ち切るのが知恵である
知恵は活用するものである

吉良上野介の妻

郷里の実家の近くに

忠臣蔵の主人公である吉良上野介と
関わりがあった家がある、それは
あの事件後、吉良上野介公の
首受人を務めた人の家系の家である
これは史実である

この度、帰郷した折りに
この家の家族から伺った話がある
あの吉良公のあの事件の後
吉良公の妻、富子婦人が体調を壊し
この隣家に留まり、暫くの間
静養していたというのである
この静養中に富子婦人は
毎日書き物をしていたそうだ
その書き物が家の納屋の
竹かごの中に一杯残っていたが

保存中に虫に食われて
字が読めなくなり、先代がそれを
燃してしまったというのである

この燃された紙に、何が
書かれていたかを考えると
何か、当時の史実が
書かれていたのではなろうか、と想う
心が動く、ロマンが生まれる
ロマンは歴史の中にある

多忙を考える

作家の寂聴さんが語った一言が
妙に頭に残る

今は三途の川もヘリで渡る時である
と、いう言葉である
今の世の中は目まぐるしく動いている
ウクライナの戦場の実像も

テレビで見られる

自分の過去をあれこれ話す時間などない
スローライフの時代はどこかに消えた
過去の遺物になってしまったのか
今の世は多忙が普通である

寂聴さんが述べるように
冥土に向かう時であっても
閻魔さんの前で
自分の過去をあれこれ

説明などしている暇はない
素通りして、先を急ぐ、閻魔さんは
暇で失業する時代である

包む

包むと言えば、日本には
伝統的な風呂敷がある
近頃はエコバッグが普及してきて
使い道が少なくなってしまったが
風呂敷は一枚の布で
どんな物でも包むことができる
実に便利な布である

人の頭にも大小さまざまな

風呂敷が入っている
自分の必要に応じて、使い分けて
包んで貯えることができる
必要な時に取り出せば
それが活用でき役に立つ
何も包まずに、そのままにしていれば
頭の中の一枚の布切れに過ぎない

しがらみ（柵）

人間関係というものは複雑である
時にはしがらみが絡んで
逃げ出しだしたくなる時もある
そんな時には、一つ深呼吸して
風に向かって囁くがよい

すれば心が開いて、しがらみが
風にのって外に流れていく
すれば気は軽くなり楽になる

しがらみごとをいつまでも
心に留め置くことは
気持ちがもやもやして
体への負荷がかかり
思考力は鈍り、疲れは続く
ともかく、心は常に軽くして
爽やかにしておくのが
健康維持の秘訣である

木の幹

木には幹がある
この幹に枝や葉がついている
この幹は木の心棒であるから
真っ直ぐがよい
曲がっていると調和が乱れる
安定を保つには左右対称がよい
人の幹は背骨である
背骨を軸にして四肢がある
四肢は左右対称であって
バランスがとれている
それに、人にはもう一つ
大切なものがある
それは心である、心には
物理的な幹がないから

不安定でぐらつきやすい
固定が必要である

名声

名声という言葉は輝きを表している
ダイヤモンドには最高の輝きがある
金は人を呼びよせる輝きがある
これら輝きは消えることがない
永遠の輝きである、だが
人が得た名声という輝きは
絶対的なものではない
時に消えたり、消されたりする

一冊の絵本

本を開くと紙面の中に
一羽の鳥が飛んでいた、その鳥が
何か用があるのかと尋ねてきた
用は沢山あるが一つだけ言おう

もう一度、大好きなイタリアに
行きたいよ、そうして
散策したいんだ
あそこには自分好みのものが沢山ある
ローマは一日にして成らず
という言葉が生まれた国である
あそこには他にはない香りが
放たれている、私は
その香りを嗅ぎたいんだよ

と鳥に伝えると、鳥は分かった
分かったよ、と言って、鳥も
どこか行きたいところがあるようで
あちらの方に飛んでいった

めでたいこと

庭に一本の珊瑚樹の木がある
三メートルほどに伸び、先端が
茂っていて不向きである、
そこで、先端を
五〇センチほど切ることにした

切り落とした枝の繁みを見ると
なんと鳥の空巣があった、見たところ

新しい巣である、この状態から
今年の春に雛が巣立ったようだ
毎日、何回も、この木の下を
歩いていても気が付かなかった

今から二十三年程以前である
この木の枝にメジロが巣をつくり
雛が飛びだったことがある
その時の記憶から察すると
この巣もメジロの巣にちがいなかろう
それにしても、今までこの巣に
気が付かなかったことは
注意力の欠如である
鳥の隠密行動にやられた感じである

我が家の庭から、この雛が

飛立つところを見届けなかったが
これはめでたいことである
世の中には、いろいろ
分からないことはあるが
よいことはめでたいことである

掘り下げる

地球は丸い、その地球の表面を
西の方に進んでゆくと
反対の東の方から帰って来る
錯覚しそうな話である
球体に穴をあけると反対側に
穴が届くことになる

ところで、自分を掘り下げてゆくと
何に到達するであろう
掘り下げても、掘り下げても
達するところはそのままの自分である
人は変わりにくい
掘り下げている間に、多少なりとも
変わった自分になれたら上々である

懐かしい思い出

懐かしい思い出は
どんなに年月が過ぎても
何時でも思いだせる
何時思いだしても、懐かしく
褪（あせ）ることもなく

いつも新鮮である、こういう
想い出は生涯心に宿る宝である
それが快い思い出である

人それぞれ

彼はヨーロッパ
彼女はアメリカ
男はカナダ

彼は中華料理
彼女は和食
男は洋食

人は生まれてくる時は一人である

以来、それから与えられる
道を一人で歩くことになる

時折り、たどって来た道を振り返り
別の道を選べばよかったのか、いや
これがよかったのか考えるものである

さまよい

人の体にはさまよいの
風来坊が寄生している
心に隙間が出来ると
それが顔を出して
心の中を徘徊する、すると
よからぬ結果が生まれる

人はそれを魔が差したと思う
風来坊が顔を出す隙間を
作らないように心がければ
無事な生活が出来る

船長

船には船長が乗船している
全てをしきる船の統率者である
だが、船長も船を降りれば
普通の人である
普通の人になってからも
船長職が染みついて
近眼船長になってしまう
専門ばかは他が見えない

豊かな夢を追う

生活を豊かにしたいと考えても
収入がなくては耐乏生活である
今まで日本の経済は落下し続けて来た
国の経済力がよくならなくてはと
政治家のようなことを考えても
それはこれから先のことである

今晩の食事がどうなるか分からないのに
特上の寿司がいつ食べられるかは
夢の夢である、金欠病が続くと
何時になったら気楽に、特上の寿司が
食べられるようになれるかと考えると
口の中は唾液で満たされる

人生は水泳だ

水泳は水の中の運動である
水中では空気を肺の中に
一杯に吸い込んでいないと
沈んでしまう、肺は空気の浮袋だ
前進するには呼吸と手足の運動を
上手に連続的に作動する必要がある

人の生活もプールの中のように
毎日、手足と脳を動かして
働き続けないと生きていけない
仕事をさぼれば
世の中から沈んでしまう、人生は
プールの中の動きと同じである

ポジティブとネガティブ

人には右手利きと左手利きがある
食欲に増進と不振がある
神経には交感神経と副交感神経がある
人の心には行動心と抑制心がある
人には好きなものと嫌いなものがある
人はこのポジティとネガティブを
上手に使い分けて病にならないように
生きてゆく特性がある

柱に釘

世の中にはいろいろの考えの人がいる
柱に釘があれば誰かがそこに物をかける

人の成果を褒める者がいれば
その成果を妬む者がいる

悪口を言う人がいれば
同じ人を褒める人もいる

たけのこは竹の根から皮をかぶり
地面に出てきてすくすく伸びる

竹は太い根を地面に張り詰めているから
風が吹いても幹は風になびくだけである

人もしっかりと鍛えていれば
多少のことでは挫けない

仕事と必要品

高い棚のものを取るには背伸びする
もっと高いところのものを
とるには台が必要になる

雨の日に野良仕事をするには長靴が適する
買い物に行くときの靴にはスニーカーがあう
料理をするときには割烹着がよい

ご婦人が外出する時には
着物よりも洋装の方がよい
ハイヒールは高いから不安定である

高望みをすると足元が疎かになり
こけやすいから危ない

覆水盆に返らずという言葉もある

原因と波紋

古池や蛙とびこむ水の音
という芭蕉の有名な句がある、人は
蛙が飛び込む水の音には気を配るが
そこから起こる水の波紋には気配りしない

何か事が起こると、多かれ少なかれ
その余波が生まれる
原発は必要な電気を生むが、その
ごみの処理まで考えねばならない

地震が起きれば

その余波で津波が起こる
過食の余波はメタボリック
シンドロームで体調をこわす

記念誌

記憶は心の記念誌である
年を重ねるに伴い項が増してくる
この記念誌には目次はないが
必要な題目はどこにいても
即座に呼び出せて
読み返すことが出来る
だが、これらの内容は
修正のできない最終版である

嫉妬心

出る杭は打たれるという諺がある
杭打ちには、杭を打つ人と
杭に打たれる人がいる
この杭を打つ人の心は、
杭に打たれる人を
妬む心から出る
妬みは敗北者の表現である
人には多かれ少なかれ
この嫉妬心の種が潜んでいる、
それが敗北心によって芽を出す
妬みは卑しい心である

対比語

ポジティブとネガティブは対比語である
人にはジキル氏とハイド氏が住むと
スティーブンソンは書いた
ジキル氏は善人である、ハイド氏は悪人である
この善人と悪人は対比になる
ふと、空を眺めると今は青天である
これは自分にとってはポジティブな日である

神経には交感神経と副交感神経がある
興奮すると交感神経が働き出し
副交感神経がそれをなだめて体調を
調節してくれるから平穏な生活が出来る

人の体調は常に健康とは限らない

不摂生な生活をすれば
病を呼び込むことになる
これはネガティブな穴に落ちた姿である
穴に落ちれば　這い上がらねばならない
這い上るには薬と時間がかかる
生活は常にポジティブな生活がよい

蒸留水

人の舌には味覚センサーがある
地中から出る湧き水には味がある
それが栄養素にもなる
アフリカに、水は食べ物の王様である
という諺があるが、水は
生物の王様でもある

だが蒸留水は水であっても
純粋すぎて無味である
飲料水には不向きである
適度のミネラルが含まれている方が
風味があって好まれる
人も風味のある者が愛される

認識する

六〇歳が近づき、退職が
近づいたことを認識する
六〇歳の退職は早いと思うが
それからは自由だと心がはずむ

七十歳になって、孫が成長して
一人前に近づくことを知る

八十歳になって自分の健康に
より気を配るようになる

九十歳を過ぎて、自分が後期
高齢者であることを認識する

ここで耳を澄すと、人生百歳時代
という声が聞こえてくる

懐かしく思うこと

古い話になる、忘れそうな話だ

神田に英文のタイプライターを売る店があった
中古のタイプも並んでいた
神田方面に行った時、時折
この店に立ち寄った
時代流に言えばコンピューターを見に
行ったようなものである
もし、留学が出来るようなチャンスが来たら
その書類はタイプライターで書こう
夢の準備のためであった

英文タイプライターで文章を書くとき
ひと語でもキーを打ち間違えると
コンピューターのような活字の変換
システムがないから、再び、
最初から打ち直すことになる
厄介なことこの上もない作業である

なかなか書類は完成しない
目は疲れる、肩は張る、
コンピューターの発明には敬意を払う
今、コンピューターのキーを打つ時
何時もこのことを思いだし懐かしく思う
誰にも懐かしく思うことはある

考えは様々

冬の寒い日に、夏の暑い日を思い出し
夏の暑い日に、冬の寒い日を思い出す
人はその時、その時で反対のことを考える
このような交差する考えの中から
正しい判断を導いていく

夢が叶うと、また
次の夢が生まれる
夢は夢を追い求める

誰の頭の中にも夢を入れる袋がある
人は昔の夢をこの中に入れている
その袋の中を覗くと過去の夢が沢山見える
昔の夢はしおれていても枯れてはいない
水を掛ければ生き返るものもある

歩く

全ての道はローマに通ず
という諺がある
これを人の生き方になぞると

生きる道は自分の考えから始まる
この道のりは安泰ではない
山あり谷ありである
山にさしかかると突き当たる
廻り道をすることになる
谷に入り込むと迷う
引きかえすことになる
疲れが出ると、心は沈む
こんな時には
休暇が必要になる
体の休息は心の休息を助ける
健康に気を配りながらゆっくり行けば
たどり着くことができる
ローマが見えてもローマは遠い
必要なことは頑張りの継続である
継続は力なりは必要な言葉である

天然記念物

樹木は年輪を重ねると古木と呼ばれる
古木になると天然記念物の仲間入りができる
古木は風雨の影響を受けやすい
人が年を取ると高齢者と呼ばれる
それが更に進むと、後期高齢者と呼ばれ
体形も変わり、行動は緩慢になり
体はフレイル化して傷みやすくなる
植物も人も同じ生物で
細胞で構成されているから
ケアを怠ると更に傷みやすくなる
九〇歳頃になると、どことなく
体を重く感ずるようになってくる
英語の諺に、高齢はそれ自身が病である
というのがある、だんだんと

この意味が理解できるようになった
(Old age is sickness of itself)

スマートな友

君も、君の友も、彼女も、彼女の友も
今は、みんな私の思いの中にある
田舎から上京してきて
東京に着いたときは田舎者であった
彼らは皆スマートであった、賢かった
見習うところが多々あった
どうしたら彼らのような
スマートさが身につくだろうかと考え
真似をして仲間に入れてもらった
そうして、親友も出来た

一日や二日の付き合いでは
親友は出来ない
長い付き合いがかかる
早熟の樹木は早く枯れる

九十歳を過ぎると

九〇歳を超えた頃から
見えてくるものがある
それは百歳という大きな山である
遠方の方に霞んで見えてくる
そこにたどり着くには
容易なことではない
見えるだけでそう思う
辺りを見回してみると

大方の人は途中で疲れる
高齢者の体は壊れやすい
急がずに、休みながら
疲れをためずに自力で
行けばたどり着けるだろうと考えるが
途中で疲れる人々のことを思う
容易なことではないことが解る
容易でなくとも先は開けている

心の中の風景

今日も、何時もの様に
散歩に出た、暫く行くと
遠くの方から音楽が流れてきた
ちょっと立ち止まって

音の方向に耳をすましてみる
曲名は分からない
だが、何だか心が豊かになる

若い時に住んでいた
モントリオールのカエデの通りが
急に甦ってきた、懐かしい風景だ
あの通りに住んでいた彼は
今どうしているだろう
彼は熱心な学者の卵だったが
健在であろうか
懐かしい思いだ、音楽は
思い出を呼び出す力があるようだ
今日はよい散歩になった

あの人は

あの人は、今、どこで
何をしているだろう
長い間ご無沙汰してしまったが
あの人は心の人であった
いい人であった
忘れられない人だ

年月は人と人の間に距離を広げる
今までも、時折、ふと思いだすが
メールをするのでもなく
手紙を書くでもなく
そうこうしている間に時だけは
無常に止まることなく過ぎてゆく

記憶は宝

人は誰もがいろいろのことを経験する
それが記憶となって頭に入る
その記憶は、その人の宝である
宝は財産である
この財産は座っていては入らない
活躍によって入る、そうして
財産家になれば、心は満たされる
そうなれば人を助けることも出来る
心の豊な人の所には人も集まる
これはその人の魅力でもある
これは素晴らしいことだ
人は誰もが頑張ればこうなれる

淋しい時に

淋しい時に楽しかったことを思い出すと
切なさが甦って、侘しくなってくる
そんな時には、それに耐えるしかない
人は逆風の時には耐えるしかない
すれば気持ちは徐々に晴れてくる

雨が降りだせば雨はすぐには止まない
止むまで待つしかない、
止めば太陽が出る、風も吹く
すれば地面も乾く、人も同じだ
後は自然に従えば、それでよい

考える人

ロダンの彫刻作品に考える人がある
ところで、彼は、今
何を考えているだろう
昔のことを思い出しているのだろうか
それとも、これから先のことを
考えているのだろうか、それとも
何か難しいことを考えているだろうか
人は空腹には耐えられないから
夕食に何を食べようかと考えているだろうか
人の頭は四六時中何かを考えている
頭に休みはない、私の頭は
今から散歩に出かけようと考えている
人は今が一番大事である

出かける

人は目的によって
さまざまな所に出かける
車で鎌倉に出かける
電車で東京に出かける
新幹線で京都に出かける
飛行機で外国にも出かける

どこに行こうが家には帰る
英国に、イギリス人の家は城である
という言葉がある
よい言葉だ、自分もそう思う
自分の家ほど安心して
居られる所は他にはない

目標

夢は遠くに霞んで見える目標である
目標は頑張れば手の届く範囲にある
すれば、もう一息だ、さあ、頑張ろう
という思いが浮かび上がってくる

外国、グローバル、旅行

外国旅行

新型コロナウイルスの
パンデミックが起きて以来
行きたいと考えていた国
イタリアへの旅行が出来ない
残念だ、何時になったら
望みが叶えられるであろうか

この状態では、当分の間は無理だろう
高齢者は体力に限界がある
何時、動けなくなるか分からない

テレビで放映されるイタリアの
映像を時々眺めるが、これでは
気持ちは満たされない

百聞は一見に如かずである
見れば確かめられて納得できる

次の始まり

ひと組のカップルが市役所に
届けを出した、それは結婚届である
カップルは状況が整い次第
日本を出国して外国に向かう
素晴らしい門出である

シェークスピアの作品の一つに
ロミオとジュリエットがある
この舞台はイタリアのベローナである
ここのカップルの恋物語の舞台は

いまの東京である

この恋物語の裏には
親子の苦悩がある
家から離れる者と、送り出す者の
複雑な心情がある
この恋物語には happy と
unhappy が共存している

リーボック（靴）

リーボックというスニーカーがある
もう何年も前になるが
高価であったが、一足求めた
そうして、外国旅行

専用に用いることにした
目的地に着くと
この靴に履き替えて歩いた
何回もこの靴でヨーロッパを旅した
何回もアメリカ大陸を歩いた
南米大陸にもいった

いろいろの国を訪れて
時がたつと、何時どこにいったか
記憶もあいまいになるが
この靴の底は、私が
旅した場所を覚えていてくれる

数年前から、靴の先端が少し
剥がれだした、もう、少し
頑張ってもらおうと

接着剤で、そこを補修した
まだ、まだ、履ける、今は
毎日の散歩にはいているが
靴が、今、一度、イタリアの
ソレント方面に
旅したいといっている
自分も出来ることならと考えている

アスクレピオス

海は広い、宇宙はもっと広い
その宇宙の中に地球がある
この地球の中に国々がある
その国々の中にギリシャという国がある
このギリシャには神話がある

その神話の中に医学に長（た）ける神
アスクレピオスが存在する
この神は、死者をも蘇らせる
業を持つ神である
人は長い間、このアスクレピオスの業を
習得しようと頑張っているが
未だに授かっていない、医学者は、この
病を治す技を、今も、懸命に探している
人々もその成果を期待している

夢でよかった

今朝、六時少し前に目が覚めた
ラジオのスイッチを入れて
ダイヤルを英会話に合わせた

英会話が耳に入る
ところが、再び、寝てしまった

私は急いで外国旅行の集合場に
遅刻しないようにと駆けつけた
何人かが集まって外国の雑談をしている
自分も、その仲間に加わった
その時ふと、パスポートを忘れたことに気がついた
パスポートがなくては外国旅行は出来ない
急いで家に取りに行こうとしたとき
その場の一人が、スマホを忘れたという
それでは貸してあげよう
自分は家にパスポートをとりに行くために
駅に向う、ところが歩いても、歩いても駅がない
こちらの道に入って、駅を探すが駅がない
そうだ、スマホで誰かに聞いてみようと思った

が、スマホは人に貸してしまっている
どうしようもないが歩き続ける
ぼつぼつ外国行きの出発の時間になる
今回は諦めるより仕方がないと
歩きながらそう考える、残念だが仕方がない
この時、目が覚めた、夢だった

ラジオの英会話が丁度終わる時である
夢でも歩き続けると疲れる
今は外国旅行をしようと思っても
新型コロナウイルスの蔓延で出来ない
どうも夢の原因はここの辺りにありと考える

外国

外国を旅すると心が広がって
一回り大きくなる、そうして
もう少し、大きくなりたくなる

外国で食事をすると
舌が豊かになる

外国で人と対話をすると
世界が見えるようになり
自分が小粒であったことを知る

外国に住むと、そこが
第二の故郷になる
そうなれば、これは夢の世界だ

思いだす

記憶には長く心に留まる記憶と
いつの間にか消える記憶がある
カナダのモントリオールの春は
私のお気に入りの春であった
春になると思いだす
あの記憶は今も新鮮である
カナダの秋の色は素晴らしいが
あの清々しい春のカエデの若葉は
春を待ちわびた色である
冬から解放された色である
人も待ち侘びたものが達成できると
快い解放感が現れ、この余韻は
何時までも心に響き続ける

憧れの鎌倉

着いた、着いた、鎌倉駅に
来たぞ、来たぞ、憧れの鎌倉に
さあ、街を散策して
心を豊かにして帰ろう
これが、私の念願である

ここからは街の案内図だ
ここから左に行けば小町通りに出る
その突き当たりに八幡宮がある
大勢の人が同じ方に歩いている
わたしも皆と一緒に行ってみよう

右の方に行けばいちの鳥居がある
ここをくぐりぬけて少し歩くと

海岸に出られる、由比ガ浜だ
この海には美味しいシラスが泳いでいる
ここを更に右の方に歩けば
有名な江の島が見えてくる
その後方には雲の上に
浮かんだ富士山も見える

絵はがきを求めて街を散策すれば
写真機など必要はない、一日で
名所旧跡を徒歩で散策ができる
鎌倉はそう広くない歴史の街である
誰が来ても成程と思うよい街である

自然、植物、動物

知恵の活用

春だ、植物の種が芽を出し始めた
ところが今日は外気が急変して寒い
だが、植物は身動きが出来ない
植物にも忍耐に限界がある
状況が変わらねば
気候にやられてしまうが
自然には従うより仕方がない

ところが人には知恵がある
状況を見て行動が出来る
ここが知恵の出しどころである
寒ければ下着を着ればよい
知恵の活用をおこなわないと
宝の持ち腐れである、知恵を

活用しなければ植物人間である

あめ（雨）

七月に入っても雨が降らない
地面がセメントのように硬くなった
庭の植物が萎れて枯れそうである
少しぐらい水を撒いても
焼け石に水である
八月になると台風が
三個来るという予報がでた
予報どおり、台風が来た
その台風がお土産を持って来た
そのお土産が待望の雨である

このお土産はありがたかった
お土産を本当に喜んだのは
私ではなく庭の植物たちである

種の役割

かぼちゃが食べたければ
かぼちゃの種を蒔くことだ
スイカが食べたければ
スイカの種を蒔くことだ
種を蒔けば、その時期になれば
花が咲き、花は再び種になる

外国に旅がしたければ、準備を
始めれば、その機会がいずれ来る

かぼちゃ

蒔いた、蒔いた
かぼちゃの種を蒔いた
開いた、開いた
かぼちゃの花が
来たぞ、来たぞ、蝶々が
あちらの方から飛んできた

なった、なった
花がかぼちゃになった
のびた、のびた

かぼちゃがのびた
かぼちゃは
ロングかぼちゃだった

赤い花

花が咲いた、花は赤い
花にはいろいろあるが
何といっても赤い花が一番だ
咲いた花がこちらを見て
早く、こちらにといっている
花が咲いた、花が咲いた
その花が、私の香りを

嗅いでくれといっている

花を育てる人は
花の気持ちが分かる
花の命は短いから大切にしよう

花は切り取って
挿し花にしても、ものを
大切にする気持ちで扱おう

軒下のかぼちゃ

朝窓を開けると、庭木の上を
伸びてきたかぼちゃの蔓に
花が沢山咲いている

まだ、蝶々は出勤してきていない
そうだ、今から花の受精をしよう

春の日は爽やかだ
それから五日たった
結果した花が瓢箪型の
かぼちゃになりだした
みずみずしい爽やかな青色だ

時のたつのは早い、夏が過ぎた
十月に入ると、かぼちゃの色が
少しずつ変色しだした
成熟に向かう色である

蔓の色も少し黄色じみてきた
枯れる前の色である

かぼちゃは何時まで、蔓に
ぶらさがれるであろうか
暫く、見守ろう

時のたつのは早い
かぼちゃはぶら下っている
年末が近づく、ある日
何気なく庭を眺めていると
何か動くものが目に入った

リスがかぼちゃをかじっている
その証拠をカメラに収めた
何年もかぼちゃを栽培しているが
こんな光景は初めてである
寒くなって来て
リスも生活が大変のようだ

変わる（変異）

新コロナウイルスの伝播は収まらない
あれやこれやと、こちらの我慢は続く
この間にウイルスの方は
繰り返し変異を起こしている
このパンデミックは、これからも
暫く収まらず、続きそうである
この変異が弱毒株になるか
強毒株になるかは調べてみないと
何とも言えないから厄介である

人の考えもウイルスと同じように
状況により変わる
この道を行こうとやって来ても
予期しないことで

方向替えをすることはある
左に行くか、右に行くかは
状況によって決まる、こういう点は
ウイルスも人も共通している

トカゲ（蜥蜴）

トカゲという漢字は難しい、書けと
言われても辞書を見ないと書けない
漢字をちらっと見ただけでは書けない
そのトカゲが、縁側の日当たりのよい
窓際の足場の板の上で、よく
日向ぼっこをしている
こんな日当たりのよい所で
暑くはないだろうかと思う

時々、踏みつけそうになると
トカゲは慌てて物陰に隠れる

四月のある朝、窓際に置いてある
靴を履いて庭に出たいと思い
靴の中に異物が入っていてはと
念のために靴を逆さにして
二、三回振ると、あのトカゲが
ポトンと地面に落ちた
トカゲは驚いただろうが
こちらも驚いた
靴をそのまま履いていたら
どうなっていただろうと考える
ことはちょっとした気配りで
危険を防ぐことが出来る

ニックネーム(nickname)

今日は五月十五日である、ここ二、三日
梅雨の気配が漂い始めている
植物を植えるにはよい時期だ
三月の中旬に蒔いたかぼちゃの種が
手頃の苗に大きく伸びた
日当たりのよい
場所を選んで今日植え替えよう

ここ、五年間は家で食べるかぼちゃは
狭い庭だがここで栽培している、その手法は
庭木の上に蔓を這わせる方法である
庭は通学道路に沿っているから
かぼちゃが大きくなって来ると見える

近所の子供たちの間では
私はかぼちゃ叔父さんになっているらしい
なかなかよいニックネームだ
今年の秋には、この苗からかぼちゃが
ぶら下がり、かぼちゃ叔父さんに
なれるだろうと　考えながら
かぼちゃの苗を植え替えた

一難去って

新型コロナウイルスはなかなか収まらない
それどころか変異を繰り返しながら蔓延する
冬になりインフルエンザも加わり　事態は
複雑になる、ワクチンを接種しても不安は残る

あちこちの養鶏所でインフルエンザも発生する
何十万羽の鶏が処理される、処理数の多いのに驚く
一難去って、また、一難、次には何が
起こるだろうと、その先のことが気になる

ゆとり

花を楽しむことの出来る人は
心にゆとりのある人である
心にゆとりのある人は
花を育てることもできる
心にゆとりを持つ女性は

淑女、男性は紳士のはずである
心にゆとりのある人は
人から好かれ尊敬もされる
心にゆとりのある人は
それが最高の財産である
心にゆとりのある人は、常に
自分を育てている

動物愛護

競馬は馬の競争である
競争は争いである

騎士は競争に勝ちたいと
鞭で馬に、もっと走れ
もっと走れと、無理を強いる
鞭で打たれた馬は
走らねばならない

自分が子供の頃には、まだ
貨物自動車は少なかった
物の運搬は馬車であった
真夏の暑い日に重い荷を乗せた車を
引かされた馬や牛をよく見た
可愛そうに思ったことを想い出す
以来、時が過ぎて、やっと
動物愛護の精神が育って来た

鶏を狭いケージに閉じ込めて

産卵させるのは
適さないという声もでている
自然の状態での産卵法が
本来の姿ではないか
という時代になってきた
時代は生活様式を変える

過ぎゆく夏

夏が終わりに近づいた
遠方に台風が発生した
というニュースがでた
だが、天は青空だ
槿（むくげ）の花が
台風のことなど知らずに

咲いている、色は紫だ
かぼちゃの花も咲いている
色は黄色だ
台風が通り過ぎれば
これらの花は消えるであろう
蒸し暑い夏の日が過ぎて
待ち望む爽やかな秋が来るだろう
秋は食欲の出る季節だ
おいしいキノコの時期である
腹一杯食べて頑張ろう

かぼちゃの歌

窓を開ければ、ロングかぼちゃが
ぶらぶらぶらぶら下がっている

あちらにも、こちらにも
ぶら下がっている

知らない間に、いつ
そんなに長くなったのかなァ
知りたい、教えてもらいたいなァ

かぼちゃはロングかぼちゃ
眺めて楽しいロングかぼちゃ
食べておいしいロングかぼちゃ
家の庭に似合うロングかぼちゃ

ハロウィーン

かぼちゃが実った

ぼつぼつ取り入れよう
大きなロングかぼちゃだ
計ってみると二・七kgある
これは大家族の隣家にあげようと
もって行く、小学生の坊やがいた

うァー、大きい、と感動の一言
このかぼちゃに顔を描けば
ロング・フェイスだ、明日の
ハロウィーンのお祝いになる

カレンダー

三月になると庭の樹木の芽が膨らむ
四月になると、その芽は若葉になる

八月になるとその樹木の日陰で
汗を拭きとりながら一休みする
十月になると柿の実に色がつき
秋の訪れを知らせてくれる
十一月になると木の葉が落ちて
庭が明るくなり　冬の接近が分かる
一月になると時々雪がふり
見事な景色に一変する
我が家の庭は自然を表す
カレンダーである

カトレア

今日は十二月十日である
朝から寒い、読書から目をそらすと
部屋の中のカトレアの花が咲いている
花は三輪である
ほのかな香水の様なよい香を放つ
今年になって同じ株から
三度目の開花である
今まで、年に二度咲いたことはあるが
三度咲いたのは始めてである
カトレアの花は長もちするから
正月まで眺められそうである
部屋の中の花を眺めていると
心がどことなく豊かになる
それに自分が咲かせた花だと

格別の親しみがわいてくる
カトレアに礼を言いたくなる

確かめたい

蝶々が飛んでいる
何のために飛んでいるのか尋ねてみたい
ミツ蜂が飛んでいる
何のためにとんでいるか聞いてみたい
子どもが走り回っている
何のために走り回っているか聞いてみたい
その答えは分かっているが

念のために聞いて確かめてみたいのだ

かん（寒）

大寒と聞くといよいよ来たかと
ある種の決意が生まれる
十年に一度の寒波だという予告がある
本当であろうかと疑いの念を持つが
心して対処せねばという気持ちもある
朝起きて室温を見ると、四度である
寒い、冷たい、自然に肩がちじむ

時のたつのは早い、大寒も過ぎた
今日は節分だ、恵方巻も食べた
二月四日の今日は立春である

春と聞くと気持ちが明るくなる
重ね着しているシャツも
一枚脱ぎたくなる、シャツと一諸に
九〇歳の年齢から十歳程脱ぎ去って
八〇になりたい気持ちだ
桜の咲く時期が近づいてきたと聞く
そのうちに鶯が庭にも来て、春を
知らせてくれるであろうと期待する

じんちょうげ（沈丁花）

今日は二月十日である
庭に出ると沈丁花が
少し色づいてきたが

まだ香は出ていない
もうすぐ開花しそうである
するとあのほのかな香りが
庭にただよう

花と言えば、昨年の秋に咲いた
三輪のカトレアの花だ
未だに咲き続けている
造花のように見えるが実花である
だが香りは弱まっている
人も高齢になると
以前のような活力は弱まる
これはカトレアの花と同じように
自然の流れに添ってゆくより
方策はなかろうと考える

足音

冬には桜の木に葉はついていない
だが、幹は枯れてはいない
春に備えての冬ごもりである
この備えがあって
あのきれいな花が咲く

三月頃になると
葉の芽よりも先に
花の蕾が膨らんでくる
春の足音である
だが、開花した花は
咲くとすぐに散り始める
花の命は短い、地面は
花びらで雪の様に白くなる

花が落ちるとすぐに枝から
緑の爽やかな若葉が出る
桜の花はきれいであるが、
木の枝は弱く傷をつけると
枯れてしまうから枝は切れない
美しいものは脆い

散歩の途中

散歩道の山の斜面に一本の桜の木がある
ソメイヨシノである
散歩の折にはその下を通る
満開に咲いていた花も散り
葉桜となって青々としてきた
花の時には気がつかなかったが

葉桜になって気が付いた
桜の幹に蔓がまきついて
それに葉が出て、桜の幹は
蔓の葉で覆われている
これは桜の木の寄生植物である
このままの状態が続けば
桜の木はいずれ枯れてしまう
蔓の根を切れば桜の木は救われる
蔓は根元に斧を一撃加えれば枯れる
山の斜面を這い登って
桜の木をすくってやりたい気持ちだ
寄生体は宿主にとっては、全て
悪になると考えながら散歩する

つくし（土筆）

年が明けて、少し時が過ぎた
春一番が吹いた
地面も少し温まってきたようだ
松ぼっくりに似たつくしの頭が
地面から頭を出してきた

桜の開花も、もうすぐだ
たけのこの季節ももうすぐだ
春の訪れを待つものは多い
なかでも何よりも、一番
春を待つのは自分である

自然に返る

山の麓に家があり、家族が住んでいた
時が来て、その家族は山を下り
その畑では、いろいろの野菜が栽培され
畑は茂った、それから時が流れた
その畑に雑草が生えるようになった
それから雑草の中にだんだんと
雑木や隣の山の竹が侵入し出した
時がたつと、雑木が消えて
竹やぶになってしまった
風が吹くと竹藪の竹が
波になってなびいている
村山は時の流れと共に変わって行く
ここには表現されぬ侘しさが漂う

あの鳥は

家の軒下に槇の木の垣根がある
窓を開ければすぐその垣根である
その外側は生活道路で
人や自動車が通っている
その垣根の枝がのびてきた
部屋に入る光を遮るので切っていると
一羽の小鳥が飛び出していった
小枝の間に枝の塊が見える、鳥の巣だ

小鳥は卵を温めていたようである
巣を覗いてみると三個の卵がある
そうだ、これからこの巣を見守ってみよう
ところで、この鳥は何という鳥だろうか

次の日に部屋の中から静かに
窓を開けて巣を眺めてみる
巣の中の鳥がこちらの様子に
気づいているようだが静かだ
記憶にない鳥の姿だ、そこで
コンピューターで調べてみる

ガビという名前が出てきた
嘴の先が少し黄色くて、口が
蛙の口に似ている、雀より少し大きい
鳴き声は大きく、よく響く、そういえば
夏にはこのガビの鳴き声が時々聞こえている
以前はこの鳴き声を聞いた記憶がない
何時の間にか、このガビが
この地に住みついていたようである

ガビの雛

台風二号が発生し、線状降雨帯が発生し
あちこちで水害が起きて大変であった
鉢植えのアマリリスが、庭で満開になって
丁度、見頃であったのに台風で倒されて
茎の根元から折れてしまった

このアマリリスを眺めていると
一羽のガビが餌をくわえて軒下の垣根の方に
飛んでゆくのが見えた　ひょっとすると、
あの卵が孵化したのではなかろうか
部屋の中から、そうっと、ほんの少し
窓を開けて巣の中を覗いてみる
いたいた三匹の雛が
少し黄色い嘴を上に向けて

パクパクしている、横には親ガビがいる

何時、孵化したのだろう、もう、結構
雛は大きい、今まで、時折、
窓を開けて眺めていたが
雛の気配には気が付かなかった
雛はひと鳴きも声を出さない
親ガビはあんなに大きな
透き通る声で鳴くのに
雛は静かだ、無声は安全である
安全は生き抜くためには
何よりの基本である
このガビの雛をカメラに収めた

その翌日、巣を覗いてみると
雛の姿が見当たらない、どうも

巣から飛び立ったらしい、ひと鳴きも
ひなの声を聞くことなく
何の挨拶もなく巣立ちしてしまった
空巣を眺めていると何とも言えぬ心残りがする
散歩していてガビの鳴き声が聞こえると
あれは我が家の軒先で育ったガビだろう
そう空想しながら歩く

花の色いろいろ

花にはいろいろな色がある
自分には自分の考えがある
君には君の考えがある
あの人にはあの人の考えがある
この人にはこの人の考えがある

人の顔が違うように、人には
その人の人生がある
人の人生を真似ることはできない
人は人の助けを受けて、自分の
道を探りながら、先を見つめて
生きてゆく動物である

アボガド

アボガドは美味しい、果物である
朝食時、ヨーグルトに
このアボガドと季節の果物を
入れて食べると更に美味しい
アボガドには栗のような
大きな種が一個入っている

ものは試しだと、大きな鉢に
二個並べて入れて土で覆った
春になると望みどおり芽が出てきた

時がたつに従い芽はすくすく伸びて
二本の木になってきた
アボガドは熱帯の植物だから越冬は
出来るであろうかと気になる
越冬出来たとしても、花が咲くだろうか
実をつけることが出来るであろうか
それが出来たとしても何年かかるだろう
今、九一歳だから間に合うだろうか
あれこれ考えながらアボガドの木を眺める

意思と行動

あの田んぼを超えると丘がある
その丘を越えると川があり
その川に橋がかかっている
その橋を渡ると村がある
村の向こうに小さな町がある
小さな町の向こうに都会がある
都会の向こうは海だ

海には港があり、その港から
外国行きの客船が出ている
人は船を見ると乗りたくなる
船に乗りたい夢が叶い
港から外国に向かった知人もいる

都会の隣には飛行場がある
都会が広がるに伴い
飛行場も広がる、この飛行場から
外国留学した知人もいる
世界はだんだんと近くなる
夢と意志があれば、誰もが
飛行機にも乗れる時代である

期待外れ

桜と言えば桜の開花をさす
今年の桜の開花は予想よりも遅れた
四月に入りやっと満開が近づいた
開花が待ちきれずに、蕾の下で
宴会をしているグループもでた

開花を期待してきた多くの外国客が
残念そうに、桜の木の枝を
見上げているのがテレビで放映されていた
期待外れは残念なことであるが
この期待は先送りの期待となった
外国から桜を見にきた人々には
花咲爺さんを
呼んであげたい気持になる

動きだす

四月になって、天気のいい日が続く
雀は巣づくりに忙しい
枯れ草を咥えては巣に
頻繁に出入りをしている

新入生は、少し、学校に慣れだして
校庭を走り回れるようになる
学校の楽しさも解りだす
先生は遠くからそれを見守っている

足元では、道端のタンポポが
地面にへばりつくようにして
黄色い花を空に向けて
太陽の光を求めている

右側の方では菜の花畑の花が
風に揺られて波打っている
その上方では蝶々が飛び回っている
四月には全てのものに恵みが注がれている

雉の姿

久し振りに郷里に戻ると、裏庭で
雉がケン、ケン、お帰り、お帰り、という
裏庭の雑草の中からの挨拶である
前回に帰った折りに、草刈エンジンで
きれいに除草しておいたのに草は伸びている
雉にとってはこの草の中が
格好の住家である
雉の姿は美しい
自分の好きな野鳥でもある
雉にはこの草むらは住みよいだろうが
雑草をこのまま放置しておくわけにはいかない
雑草は雑草である
雉にはここに留まってもらいたいが
ここは畑である、雑草園ではない

雑草を刈り取る選択しかない
残念だが雉には動いてもらおう

アマリリスの花

見事な花だ、アマリリスの花は
大輪だ、素晴らしい
一本の長い茎の頂点に
大きな花を四輪載せて開いている
色はピンク色だ
花の一つが南の方を向いている
一つが北の方を向いている
他の一つが東の方を向き
他の一つは西の方を向いている
どの方向から眺めても花は見事である

隣の株の根元からも一本の茎が伸びている
小さな花の蕾が二つ付いている
二、三日のうちには
このような見事な花になるだろ
アマリリスの花は満開が一番美しい

似ている

人を表現する言葉に
他人の空似というのがある
アマリリスの花を見ていて
かぼちゃの花と、花の大きさ
花の形が似ているのに気がついた
これは空似だと思った
この似たものというのは

記憶しているものとの比較である

何年か前にヨーロッパのどこかの国を
旅していた時のことである

モントリオールの大学にいる時に
同じ研究室のいち番奥の隅の方で
よく試験管を振っては中の状態を
眺めている男がいた
イスラエル人のロバンである
このロバンに瓜二つの男を
旅行中に見かけたことがある、この時、
思わず声をかけそうになった、今でも
時折り　あの瓜二つの男とロバンを思い出す
ロバンは研究熱心なよい男であった

庭の花

梅雨の時期が近づいている
我が家の庭に目を向けると
あちこちで咲く花が眼に入る
自我自賛になるがなかなかの光景である
赤い小形のすずなりのバラの花
ピンク色のあじさいの花
地味なナンテンの花
ひと株の白い大根の花、
もうすぐ咲きそうな百合の花

他方では、みごとに開いたアマリリスの花、
真赤な大輪のハイビスカスの花
深赤色のゼラニウムの花
春から咲き続けるカランコエの花

黄色で小振りなマーガレット・ローズの花
小さい花を沢山花花をつけるセイジ
これ等は皆、鉢植えで咲いている
花にはそれぞれ特徴があって
美しさに差はつけられない

これらの鉢植えを
庭の樹木の中のあちこちに
自分の好みの場所に置いている
この花の配置は
ブリティシュ・ガーデンの
イメージにもとづいている
この庭を眺めるには
青天の日に眺めるよりは
薄曇りの日に眺める方が
花の色が引き立ってきれいに見える

時々、思い出すこと

七月が近づいていたが、まだ
紫陽花の花の色は褪せてはいない
花の寿命は短いというが
紫陽花の花の寿命は長い
この時期になると思い出すことがある
それはこの時期に幾度か
知人の先生から贈本が届いた、先生は
退職されてから随筆を書いてみえた

届いた随筆を読むのは楽しみであった
いろいろ知恵を頂いた
何冊目かの贈本の中にメモ書きがあった
この本が最後の本になります

それから時が 過ぎた、紫陽花の時期になった
ポストを見にゆくと、再び
先生からの著書が届いていた
あれっと思う、あれが最後ではなかったのか
包みの中にメモ書きが入っていた
これが本当の最後の本です、以来、時々
このメモ書きの言葉を思い出す、今の
私と先生との絆はこのメモ書きにある

風のささやきのシリーズ

一　風のささやき（囁き）
　　二〇一四年二月一〇日　創英社／三省堂書店

二　風のささやき・八五歳までの生活詩（史）
　　二〇二〇（令和二）年三月二七日　創英社／三省堂書店

三　風のささやき・八八歳までの生活詩（史）
　　二〇二二（令和四）年二月二三日　三省堂書店／創英社

四　風のささやき・九〇歳までの生活詩（史）スローライフ
　　二〇二三（令和五）年六月一四日　三省堂書店／創英社

風のささやき
九二歳までの生活詩（史）

2025（令和7）年3月31日　初版発行

著　　者　加藤幸一
発行・発売　株式会社 三省堂書店／創英社
〒101-0051　東京都千代田区神田神保町1-1
TEL：03-3291-2295 FAX：03-3292-7687
印刷・製本　大盛印刷株式会社

ISBN 978-4-87923-303-5　C0092
落丁・乱丁本はお取替えいたします。
定価はカバーに表示されています。